Der ganz normale Irrsinn

AF200634

Torsten Raap

Der ganz normale Irrsinn

Geschichten aus dem Leben

Bibliografische Information der
Deutschen Nationalbibliothek:
Die Deutsche Nationalbibliothek verzeichnet diese
Publikation in der Deutschen Nationalbibliografie;
detaillierte bibliografische Daten sind im Internet über
http://dnb.dnb.de abrufbar.

Herstellung und Verlag:
BoD – Books on Demand, Norderstedt

ISBN: 978-3-748-18864-3

Inhaltsverzeichnis

Vorwort

In diesem kleinen Büchlein habe ich einige Erlebnisse, Geschichten und Anekdoten zusammengestellt, die mich in meinem täglichen Dasein bewegen. Die Grenzen zwischen Dichtung und Wahrheit lasse ich dabei bewußt etwas verschwimmen. Was wirklich passiert ist und was der Phantasie aus meinem kranken Hirn entsprungen ist, mag jeder für sich selbst entscheiden.

Besonderes Augenmerk versuche ich auf den alltäglichen Wahn- und Irrsinn zu legen, den das Zusammenleben von knapp 5 Milliarden Menschen auf einem relativ kleinen Klumpen Urknallmaterie nun mal mit sich bringt. Aber meistens braucht man gar nicht in so großen Dimensionen zu denken, der größte Irrsinn passiert meistens direkt vor der eigenen Haustür. Das Weltall und die Dummheit der Menschheit unterliegen nun mal keiner Limitation.

Ich bitte um Nachsicht, falls das Ganze etwas ungelenk und amateurhaft daherkommt. Nein, nicht falls, es wird ganz bestimmt so sein! Ich bin ein aufstrebender Jungautor im zarten Alter von 52 Jahren und dies ist mein erster Versuch, meine Phantasien in gedruckter Form anderen zugänglich zu machen. Wer einen Computer hat, kann diese Geschichten auch in meinem kleinen Blog verfolgen. Unter http://ganznormalerirrsinn.blogspot.de/ werde ich in unregelmäßigen Abständen immer mal wieder etwas

Neues einstellen, wenn es meine Zeit erlaubt. Zwar ist das Internet für mich kein Neuland (wie für unsere Kanzlerin), gleichwohl bin ich weder gewillt noch in der Lage, alles was das Netz hergibt in Profimanier zu beherrschen. Getwittert habe ich noch nie und wozu Instagram da ist werde ich in diesem Leben wohl auch nicht mehr kapieren. Aber ich kann Facebook und Whatsapp, das ist doch schon mal was.

Die meisten der Geschichten wären übrigens ohne den Einfluß einiger guter Freunde und größerer Mengen Alkohol niemals entstanden. Beiden Gruppen gilt hiermit mein herzlicher Dank.

In diesem Sinne wünsche ich viel Spaß beim Lesen!

Wohnungsputz

Ich habe es lange genug hinausgezögert, jetzt gibt es kein Zurück mehr: Es steht mal wieder ein Putztag an. Wie schnell doch so ein Jahr vergeht! Von einem Frühjahrsputz kann Mitte Juni zwar keine Rede mehr sein, aber das aktuelle Wetter vermittelt ja ohnehin mehr den Eindruck von Ende Februar.

Also frisch ans Werk, es ist aber auch wirklich mal wieder an der Zeit. Auf dem ehemals roten Badteppich hat die Evolution mittlerweile einige ganz neue Arten hervorgebracht. Survival of the fittest, heißt es bei Darwin. Wenn ich jetzt nicht reagiere, werde ich beim Badbesuch also irgendwann von einer anderen Spezies verdrängt. Ich spüre schon jetzt, wie man mich beim morgendlichen Rasieren argwöhnisch beobachtet. Das Teppichvolk plant den Aufstand und wartet nur darauf, daß ich unaufmerksam werde. Und ich kann sie nicht alle unter meinen nackten Füßen zermalmen. Also greife ich mir den Staubsauger, schalte auf die stärkste Stufe und erledige den Feind. Zum Glück stehen Staubsauger nicht auf der Verbotsliste der Genfer Konvention. Die Dusche hingegen ist schon ein härterer Gegner, gegen Schimmel und dunkle Ränder kommt man hier nur mit chemischem Kampfstoff weiter. Laut Hinweis auf der Flasche darf dieser allerdings nur in gut belüfteten Räumen verwendet werden. Da diese vage Anweisung doch sehr viel Interpretationsspielraum zulässt, pumpe ich einen guten Liter Domestos-Reiniger in mein innenliegendes Zwei-Quadratmeter-Bad ohne Fenster. Ich kann ja die Abluft einschalten, das muß reichen. Als ich nach zwei Stunden wieder aus meiner Ohnmacht erwache ist das Bad porentief rein geätzt und auch die Mehrzahl der Kacheln klebt sogar noch an der Wand. In zwei bis drei Wochen darf ich das Bad laut Gesundheitsamt dann auch wieder betreten. Ich kann auch schon langsam wieder Farben sehen.

Vom Badezimmer aus rechts ist es nur einen Katzenwurf weit bis zum Gästeklo. Da ich nur selten Gäste beherberge, benutze ich das Klo meistens selbst. Außerdem habe ich nur das eine. Daher kann ich leider auch niemanden sonst für den Zustand des Gästeklos verantwortlich machen. Schade, denn es riecht dort nicht sehr angenehm. So eine männlich-herbe Mischung aus abgestandenem Urin und Raumspray Marke Zitronenfrisch. Saisonal bedingt auch mal Sommerbrise. In der Summe jedenfalls nicht schön. Unter dem WC-Rand findet sich auch so manche Überraschung. Laut Fernsehwerbung lebt dort ein grünes Zeichentrickmonster, das zwar griesgrämig dreinschaut, aber irgendwie immer noch ganz niedlich ist. In der Realität finden sich hier allerdings weit weniger niedliche Dinge. Das ist aber nicht meine Schuld, die Form der Klobürste lässt eine gründliche Reinigung der Unterkante einfach nicht zu. Eine komplette WC-Enten-Familie muß für diesen guten Zweck ihr Leben lassen. Ich spüle ihre Überreste hinunter, versprühe anschließend eine Familiendose Fichtennadel-Duft und versiegele danach die Tür von außen. Mehr kann ich hier nicht tun.

Nun ist die Küche an der Reihe. Ich bearbeite zuerst die dunkelgelben Fliesen über den Kochplatten mit Scheuerpulver und stelle dabei fest, daß sie eigentlich weiß sind. Während des Schrubbens fallen mir die an der Wand befestigten Küchenutensilien wie Suppenkelle, Schneebesen und Pfannenwender entgegen. Erstaunlicherweise waren diese gar nicht mit Saugnäpfen dort befestigt, sondern hielten sich allein durch die Adhäsionskraft des Bratfetts an der Wand. Ich denke über eine Patentanmeldung nach, werde aber zunächst mal doch lieber Klebehaken anbringen. Der Küchenboden ist übrigens auch nach dem Schrubben noch immer schwarz-weiß kariert. Dabei fällt mir ein, daß ich mal wieder Schach spielen könnte. Leider kenne ich die Regeln nicht.

Beim Öffnen des Kühlschranks grüße ich vorsichtshalber freundlich, da ich nicht weiß, ob eines der dort deponierten Lebensmittel in der Zwischenzeit ein eigenes Bewußtsein erlangt hat. Man will ja nicht unhöflich sein, außerdem ist es sinnvoll, bei der Suche nach der letzten Flasche Bier einen Verbündeten zu haben. Ich leere den Kühlschrank und ordne die Lebensmittel nach ihrem Haltbarkeitsdatum auf dem Küchentisch an. Rekordhalter ist eine Tube Delikatess-Mayonnaise, haltbar bis Ende Oktober 2006. Auf die undefinierbaren organischen Reste, die nach Abtauen des Eisfachs zum Vorschein kommen, möchte ich hier lieber nicht weiter eingehen. Ich sandstrahle das Innere des Kühlschranks, lege alle Lebensmittel mit Verfallsdatum nach Ende 2012 wieder hinein und schließe die Tür. Den Backofen brauche ich zum Glück nicht zu reinigen, da ich mir nach der großen Lasagne-Explosion im April diesen Jahres einen neuen zulegen mußte.

Im Schlafzimmer steht zunächst die Erstbesteigung des Mount Kleiderschrank an. Dieses schwedische Ungetüm von gefühlt acht Metern Breite und drei Metern Höhe hat noch meine Ex angeschafft, um ihre etwa sechshundert Paar Schuhe unterzubringen. Sie durfte den Schrank leider nicht mitnehmen, da ein Abbau die Statik unseres gesamten Wohnhauses gefährdet hätte. Auf der Suche nach einem Paar Socken habe ich mich in dem Schrank mal zwei Tage lang verlaufen, konnte mich aber glücklicherweise an den zahlreichen Motten orientieren, die mir das Licht, und damit den Ausgang zeigten. Zum Dank spendierte ich ihnen anschließend ein paar Kugeln. Jedenfalls muß die Oberseite des Schranks regelmäßig vom Staub befreit werden, damit man beim Öffnen nicht von einer Lawine verschüttet wird. Aus den dabei gesammelten Woll-mäusen stricke ich mir jedes Jahr einen warmen Winterpullover.

Als ich die graue Rückwand meines Schlafzimmers schrubbe, kann ich plötzlich durch die Wand hindurchsehen. Ich wußte gar nicht, daß ich hier ein Fenster habe! Da hätte man ja mal lüften können! Dann wäre vielleicht auch mal eine Frau über Nacht geblieben. Naja, vielleicht nächstes Jahr.

Die größte Herausforderung im Schlafzimmer ist die Matratze. Sie weist verdächtige gelbe Flecken auf.

Dabei bin ich mir hundertprozentig sicher, daß sich mein Bettnässer-Problem bereits seit meinem vierten Lebensjahr erledigt hat. Außerdem habe ich die Matratze erst seit zehn Jahren. Dann müssen die Flecken wohl durch den Angstschweiß diverser Alpträume und durch die körpereigene Transpiration als Folge der im Winter regelmäßig viel zu hoch aufgedrehten Heizung entstanden sein. Jedenfalls reicht mir das als Erklärung. Nach einer intensiven Naßreinigung der Matratze und dem damit verbundenen Massenmord an Millionen unschuldiger Milben ist auch diese Baustelle geschafft.

Die Reinigung des Wohnzimmers verläuft verhältnismäßig problemlos. Ich muß nach dem Staubsaugen lediglich darauf achten, daß die Möbel exakt wieder auf ihrem angestammten Platz stehen. Die unter den Möbeln zum Vorschein kommende, in ihrer Originalfarbe ehemals himmelblaue Auslegeware der Marke „Aqua" gleicht an den sichtbaren Bereichen jedenfalls eher dem Schwarzen Meer nach einer Öltanker-Massen-Havarie. Aber wenn man die Möbel wieder korrekt ausrichtet, sieht es immer noch ganz gut aus.

Ein großes Problem in Altbauwohnungen sind die hohen Decken und damit die damit einhergehende Problematik beim Fensterputzen. Da ich keine Leiter besitze, stelle ich einen wackeligen Klappstuhl auf einen wackeligen Stehtisch, rücke selbigen nahe ans Fenster und genieße die frische Luft, während ich auf einem Bein balancierend die Außenseite meiner Panoramafenster von Straßenstaub und Rußpartikeln befreie. Trotz des schwankenden Unterbaus fühle ich mich sicher, da der Rentner von gegenüber, der den ganzen Tag auf ein Kissen gestützt seine Umwelt beobachtet, die 112 garantiert auf der Schnellwahltaste hat. Außerdem muß ein Sturz aus dem zweiten Stock nicht unbedingt tödlich sein. Als ich mit dem Fensterputzen fertig bin, beginnt es zu regnen.

Mein Balkon hat den großen Vorteil, daß er frei von jeder Art von Pflanzen und damit extrem wartungsarm ist. Ich habe es mal mit Pflanzen und Blumen versucht, aber mein grüner Daumen scheint zu 100% aus Pflanzenvernichtungsmittel zu bestehen. Jeglicher Versuch der Balkon-begrünung ist zum Scheitern verurteilt, einmal ist mir sogar ein Gummibaum eingegangen. Aus echtem Gummi! Also brauche ich hier nur die Möbel abstauben und feucht wischen. Das kann selbst ich nicht falsch machen. Prompt reiße ich mir beim Abwischen des Holztisches einen Splitter in den Finger.

Aber das ist nur ein kleiner Rückschlag, denn endlich ist es geschafft! Die Wohnung ist, naja, nennen wir es mal sauber. Mir reicht es jedenfalls. Eigentlich könnte ich ja auch wirklich mal eine Putzfrau einstellen. Aber dann stellen sich so unendlich viele Fragen, zum Beispiel die Frage nach der richtigen Bezahlung. Zahlt man nur den Mindestlohn ist man geizig und läuft Gefahr, daß die fehlende Entlohnung in Form von „verlorenen" Gegenständen den Besitzer wechselt. Zahlt man zuviel, dann zieht man sich den Zorn von anderen Wohnungsbesitzern zu, denn natürlich tauschen sich die Putzfrauen auf ihren regelmäßigen Putzfrauenkongressen über ihre Arbeitgeber aus. Beschäftigt man die Putzfrau ohne Lohnsteuerkarte, dann handelt es sich um Schwarzarbeit, selbst dann wenn die Reinigungskraft keine afrikanische Herkunft aufweist. Und dann hat man ruck-zuck die Steuerfahndung am Hals und kann sich mit Uli Hoeneß eine Zelle teilen. Lässt man allerdings über Lohnsteuerkarte arbeiten, muß man auch noch Umsatzsteuer zahlen. Das ist lästig und macht den Lohnsteuerjahresausgleich unnötig kompliziert. Außerdem muß man der Putzfrau in der Regel auch einen Wohnungsschlüssel geben. Da man den eigenen gern mal verliert und der Zweitschlüssel schon von der letzten Ex-Freundin geschreddert wurde, kommt es dann irgendwann zu Engpässen. Und man muß heikle Gegenstände, Geräte, Bilder und DVDs so verstecken, daß es zu keinen peinlichen Situationen kommen kann. Dies alles führt zu unerfreulichen Komplikationen. Da ist es doch viel einfacher, sich einmal im Jahr selbst an die Arbeit zu machen. Notfalls kann man ja immer noch umziehen.

momente (o.) auf einem
Videoband verewigt.
Moderation: Dennie Klose

22.15 Das Leben ist schön
😊 Tragikomödie, 12-443-585
Ital. 1997. Mit Roberto
Benigni, Roberto Benigni
Regie: Roberto Benigni
FSK: 6 / **135/115 Min.**

0.30 Shop24Direct 62-244-615
Schlagernacht

Nach dem Wohnungsputz schaut man sich zur Entspannung gerne mal einen guten Film an. Manche kommen auch mit ganz wenigen Schauspielern aus.

Ein Abend in Derendorf

Nach einer anstrengenden Arbeitswoche beschloss ich gestern Abend, mir mal wieder etwas Gutes zu tun. Ein paar leckere Bierchen im Café Florian, dazu eine köstliche Speise und die Aussicht auf unterhaltsames Straßentheater würden einen guten Start in das Wochenende darstellen. Also schnell noch den Donnerstags-Kicker im Kiosk besorgt, um auf den anstehenden Bundesliga-Samstag gut vorbereitet zu sein, danach einen freien Tisch direkt am Eingang erobert und schon konnte es losgehen.

Die Bedienung ist nett und das erste frisch Gezapfte steht ruck-zuck auf dem Tisch. Zum Essen wähle ich, ganz gegen meine sonstigen Gewohnheiten, etwas Leichtes. Wenn schon Bier, dann braucht das Gewissen dazu einen moralischen Ausgleich. Die Wartezeit wird durch ein weiteres Pils und die Lektüre der Nachbetrachtung von Bayern Münchens Einzug in das Champions-League-Halbfinale verkürzt, dann kommt auch schon mein Essen. Der gewählte Chefsalat entpuppt sich als eine Mischung verschiedener Blattsalate mit Tomaten an einer sehr leckeren Balsamico-Vinaigrette mit angebratenen Rinderfiletspitzen und Champignons in einer köstlichen Sahnesauce (soviel zum Thema Gesundheit). Mit einem lächelnden Blick auf das bunte Treiben auf der Straße nehme ich einen großen Schluck Bier, hebe meine Gabel und versenke sie in das Salatgebirge. Leider scheint mir meine Entspanntheit den Blick für die Realitäten etwas vernebelt zu haben, jedenfalls habe ich das Unheil, das links neben mir lauert, nicht kommen sehen:

„Dat sieeeht aber guuut aus! Na denn, guten Appetit!"

Wie ich es liebe, beim Essen von der Seite angequatscht zu werden! Ich ringe mir ein „Danke, das schmeckt auch sehr gut." ab und drehe meinen Kopf nach links – ein fataler Fehler! Auf den ersten Blick registriere ich, dass sich direkt neben mir eine strunzdoofe Planschkuh platziert hat. 80 Kilo Lebendgewicht verteilt auf 1,65 Meter Körpergröße und eingepackt in eine ballonseidene, leicht im Abendlicht schimmernde Glanzleggins. Dazu eine Lederjacke, die aus einer Tierart hergestellt wurde, die bereits seit Jahrhunderten ausgestorben sein muß. Auf der Nase eine Sonnenbrille, die selbst Puck die Stubenfliege in ihre Schranken weist. Ich glaube, Bono hatte auch immer so ein Teil auf, damals bei der Zooropa-Tour. Ich erkenne sofort: Menschen wie diese Frau müssen sich immer und unbedingt jedem mitteilen, ob es einen interessiert oder nicht. Man hat da keine Chance, diese Menschen sind quasi ein früher Vorläufer von Twitter.

Ich nicke also kurz freundlich rüber und widme mich wieder meinem Salat. Erstaunlicherweise scheint sie mich damit zunächst aus ihrem Focus verloren zu haben, dennoch ist die Erholung dahin, weil ich fortan jede ihrer Bewegungen aus dem Augenwinkel registrieren kann. Und die Stimme, die gern auch mal eingesetzt wird, wenn kein unmittelbarer Gesprächs-partner auszumachen ist, wird leider nur einmal kurz-fristig verdrängt, als ein alter Opel Rekord, scheinbar ohne Auspuff, vorbeirauscht.

So, jetzt bestellt sie erstmal. Ein Glas Sekt, na klar! Weiß oder rosé? Natürlich rosé! Dann zieht sie mit einer hektischen Bewegung einen weiteren Hocker zu sich heran, nicht ohne allen Umstehenden mitzutei-len, „dass da gleich noch einer kommt". Ein Mann? Wirklich??? Das versetzt mich nun doch in Erstaunen. Als wenn ein Mann sich freiwillig mit so was verabre-den würde. Ich versuche mir aber meine Verblüffung nicht anmerken zu lassen, und vertilge ein weiteres Filetstück. Mann, die sind aber auch wirklich lecker!

Nun ist erstmal der Nachbartisch an der Reihe, dem ebenfalls mitgeteilt wird, dass man noch jemanden erwartet. Aber leider säße man so ungünstig (eine Meinung, die ich in diesem Moment übrigens mit ihr teile), vielleicht ist er schon längst drin im Laden. Hier hat man ja so eine schlechte Übersicht. Die Herren vom Nachbartisch beruhigen sie. „Keine Sorge, der kommt schon noch." Wie man so heucheln kann, ohne rot zu werden oder loszulachen – ich habe höchsten Respekt vor den Herren. Die Story vom Nachbartisch ist übrigens ganz interessant: Der eine Herr erzählt davon, wie er vor Jahren mal beim Blick in ein Haus beobachtet hat, wie jemand mit dem Messer abgestochen wurde. Warum er da-mals durchs Fenster gespannt hat, diese Frage wird allerdings nicht aufgeworfen. Ich verzichte ebenfalls darauf und lasse die Kollegen lieber noch ein wenig mit der Kuh alleine weiterplaudern.

Glanzhöschen wird nun immer hektischer und verteidigt jede Anfrage nach dem überzähligen Barhocker fast schon kreischend mit: „Nee, da kommt gleich noch einer!" Der zweite Sekt Rosé wird geordert, immer begleitet von unruhigem Hin- und Herrutschen und Kopfdrehen. Ich glaube, einmal hat sich ihr Kopf sogar um 360 Grad gedreht, aber da kann ich mich auch täuschen. Mein Salat ist mittlerweile verzehrt und ich schnappe mir blitzschnell den Kicker, in der Hoffnung, daß Lesen mich ebenso vor dem Zugriff der Stubenfliege bewahrt, wie die Einnahme des Essens. Leider ist dies nicht der Fall. Hätte man sich ja denken können, daß Lesen auf ihrer Wertigkeitsskala weit unterhalb vom Essen angesiedelt ist.

„Dürfen Männer unpünktlich sein?" Scheiße, die Frage ging tatsächlich an mich. Ich blicke auf von der Bundesligatabelle und sage: „Klar, warum denn nicht?" Damit hat sie nicht gerechnet, sie schaut mich ungläubig an und schüttelt den Kopf. „Nee nee nee nee!" (Warum denke ich jetzt an den Maulwurfn?) Dann habe ich wieder kurz Ruhe und lese, dass Lionel Messi hat als erster Spieler vier Tore in einem Champions-League-Viertelfinale gemacht hat.

„Entschuldigen Sie, haben sie die EXAKTE Uhrzeit?" Stöhn! Ja, die habe ich, es ist EXAKT 19 Uhr 20. Sie jammert wieder: „Wo bleibt der denn, der Schweinehund?" Ich glaube, das hat sie wirklich gesagt! Da ich offensichtlich eh keine Chance zum Entkommen habe, gehe in die Offensive: „Wann wollte er denn da sein?" „Um halb acht, hat er gesagt!" Ich falle fast vom Stuhl. Diese Dumpfkuh belästigt seit einer geschlagenen dreiviertel Stunde sämtliche Gäste und das Treffen findet erst in zehn Minuten statt! Ich atme tief durch und sage: „Ja, dann brauchen Sie sich ja nicht zu wundern. Wenn ein Mann halb acht sagt, dann kommt er auch um halb acht. Wenn eine Frau halb acht sagt, dann kann man ruhig etwas später hingehen. Das kenne ich schon von meinen Frauen." Sie stutzt. „Wieso, haben sie mehrere?" „Nein, aber ich habe mich schon öfter mit welchen getroffen." „Ach so, ich dachte schon, sie hätten mehrere Frauen. Manche machen das ja, aber das ist ja nicht so meine Sache." Bevor ich dazu noch etwas sagen kann, unterbricht zum Glück das Klingeln Ihres Handys die Unterhaltung. Ich nutze die Gelegenheit zur Flucht und stecke die Nase wieder tief in den Kicker. Die Kuhfrau versucht verzweifelt, Ihr Handy aus Ihrer Handtasche zu fingern. Als sie es endlich geschafft hat, hört das Klingeln auf. Sie starrt es an und stopft es dann mit einem „Immer wenn man drangeht ist es zu spät." wieder zurück in Ihre Tasche. Fortuna will am Samstag mit einem Sieg gegen Cottbus den Anschluß an die Aufstiegsränge herstellen.

Kurze Zeit später kommt der Kellner an Ihren Tisch und berichtet, der Klaus habe angerufen. Er wäre in fünf Minuten da. Triumphierend blickt Kuhfrau sich um, als würde sie Beifall erwarten. Ich muß zugeben, ich bin schon beeindruckt. Hätte nicht erwartet, dass sich tatsächlich jemand mit ihr verabredet hat. Eigentlich wollte ich ja jetzt gehen, aber angesichts der überraschenden neuen Entwicklung bestelle ich mir lieber noch ein Bier und warte auf Klaus.

Wenig später dann erscheint Klaus und erfüllt meine kühnsten Erwartungen: Schlecht sitzender Polyesteranzug, Föhnwelle und Seitenscheitel. Schade, die Goldrandbrille fehlt, aber man kann nicht alles haben. Es scheint sich bei dem Treffen der beiden allerdings nicht um ein Date zu handeln, dann man begrüßt sich per Handschlag. Klaus trägt eine speckige Aktentasche unter dem Arm und scheint direkt aus dem Büro zu kommen. Er entpuppt sich als holländischer Immobilienmakler und verliert keine Zeit, der Kuhfrau zu berichten, welche tollen Geschäfte er denn heute wieder getätigt hat. Ich höre den beiden noch eine Zeitlang zu, aber das Gespräch entwickelt sich zu einer langweiligen Selbstbeweihräucherung von Klaus, was er doch für ein super Typ ist, unterbrochen von gelegentlichen zustimmenden Grunzlauten seiner Tischdame. Vielleicht ist es ja doch ein Date und wenn es so gut weiterläuft, landen die beiden wohlmöglich heute noch in der Kiste! Bevor mich die Übelkeit überkommt, schaltet mein Gehör automatisch auf Leerlauf. Toll, dieser Selbsterhaltungstrieb des menschlichen Körpers! OK, das Schlimmste scheint damit wohl überstanden, niemand wurde verletzt und in Spanien steigt am Samstagabend der Classico zwischen Real Madrid und dem FC Barcelona.

In diesem Moment drehen sich plötzlich alle Köpfe der Gäste in dieselbe Richtung. Unmittelbar vor dem Lokal hält eine knapp zehn Meter lange Stretchlimousine. Die Türen öffnen sich und heraus steigen nicht etwa Filmstars oder Berti Wollersheim mit einer Auswahl seiner erlesenen Damen aus der Rethelstraße. Nein, heraus steigen acht Vollproleten, einer schlimmer als der andere. Die Jungs sind schon ganz leicht angetrunken und rufen lautstark nach Bier. Der Kellner kommt herbeigeeilt und umarmt einen nach dem anderen. Aha, man kennt sich also. Die Karre steht derweil mitten auf der Straße und versperrt alles und aus den Boxen dröhnt Kelly Rowlands „When Love takes over". Dann steigt der Fahrer aus. Mit seinem Trachtenjanker, dem Schnäuzer und der schmierigen Schmalzfrisur sieht er aus wie eine Mischung aus Julio Iglesias und Karl Moik. Das ist jetzt echt zuviel! Ich glaube mittlerweile an die versteckte Kamera und scanne die Umgebung nach Verdächtigen ab. Vielleicht sitzt Kai Pflaume ja auch hinter den verspiegelten Scheiben und lacht sich eins.

Die Jungs werden mit Bier versorgt und stellen sich an den Tisch von Klaus und der Kuhfrau. Natürlich versteht man sich auf Anhieb. Die Limo haben sie für den Junggesellenabschied eines Kumpels gemietet. Spontan beschließe ich in diesem Moment, heute abend auf gar keinen Fall mehr in die Altstadt zu gehen. Nach einem kurzen Geplänkel und Fotoshooting mit dem Kellner beruhigt sich die Lage wieder. Alle haben ihr Bier ausgetrunken und steigen wieder ein. Weiter geht die lustige Proletentour. Unter Hupen und Gejohle setzt Julio Moik die Karre wieder in Bewegung, wobei kurzzeitig der komplette Verkehr auf der Nordstrasse zum Erliegen kommt. In der Ferne verklingen leise die letzten Beats der Black Eyed Peas, dann ist der Spuk vorbei.

Da dies heute wohl nicht mehr zu toppen ist, zahle ich meine Rechnung und gehe nach Hause. Ein denkwürdiger Abend. Ich bin schon gespannt, was mich nächsten Freitag erwartet. Mindestens eine Ufo-Landung oder ein Auftritt von Verona Pooth oder ein Ufo, aus dem Verona Pooth herauskommt müsste es dann aber schon sein, alles andere wäre doch sehr enttäuschend.

Limousinen und andere Kfz bringt man zur Wartung am besten in einen anerkannten Fachbetrieb. Die Qualität der geleisteten Arbeit ist oftmals bereits am Namen erkennbar.

Viel Spaß mit Ihrem Finanzamt!

Letztens rief mich eine Kollegin aus der Personalabteilung an und sagte mir, das Finanzamt habe ihr mitgeteilt, daß sich meine Steuerklasse geändert hat, und zwar von Klasse 1 auf Klasse 6. Dies kam mir sehr befremdlich vor, denn das würde bedeuten, daß ich noch ein zweites Einkommen hätte. Davon ist mir nichts bekannt, auch der aktuelle Kontostand weist leider auf nichts dergleichen hin. Außerdem war bei meiner letzten Gehaltsabrechnung noch alles ganz normal und richtig über Klasse 1 gelaufen. Ich ging also von einem Fehler seitens des Finanzamtes aus und versprach der Kollegin, mich darum zu kümmern und den Fehler beseitigen zu lassen. Wie sich herausstellen sollte, ein leichtsinniges Versprechen. Hier nun das Protokoll der folgenden Tage.

Donnerstag, 10. September 2015:

Ich tätige meinen 1. Anruf bei der Servicehotline des Finanzamtes Düsseldorf. Es erfolgt eine freundliche Begrüßung durch eine automatische Bandansage: „Herzlich Willkommen bei Ihrem Finanzamt Düsseldorf Altstadt. Wenn Sie für den Bearbeitungsstand Ihrer Steuererklärung anrufen, beachten Sie bitte, daß die Bearbeitung bis zu sechs Monaten in Anspruch nehmen kann. Wir bitten Sie daher, zur Vermeidung von Verzögerungen von weiteren Nachfragen abzusehen. Sollten Sie wegen einer anderen Angelegenheit anrufen, bleiben Sie bitte in der Leitung. Sie werden so schnell wie möglich mit dem nächsten freien Mitarbeiter verbunden."

Während ich mich noch über die rasante Bearbeitungszeit freue, genieße ich in den folgenden Minuten kurzweilige Warteschleifenmusik. Nichts Modernes, nein, noch so richtig klassisches Gedudel, das anfangs noch ganz gut auszuhalten ist. Nach etwa fünf Minuten macht die nun doch schon etwas penetrante Melodie mich allerdings doch bereits ein wenig aggressiv. Ich breche daher diesen ersten Versuch ab und versuche es etwas später noch einmal.

Meinen 2. Anrufversuch starte ich eine halbe Stunde später. Wieder vernehme ich die freundliche Stimme: „Herzlich Willkommen bei Ihrem Finanzamt Düsseldorf Altstadt. Wenn Sie..." Da ich den Text schon kenne und nicht wegen des Bearbeitungsstandes meiner Steuererklärung anrufe, lege ich den Hörer erstmal beiseite. Die Lautstärke der Wartemusik ist auch bei abgelegtem Hörer selbst im Nachbarbüro noch gut hörbar. Diesmal gebe ich aber nicht so schnell auf. Als der Zähler im Telefondisplay bei zwölf Minuten steht und ich vom Nachbarschreibtisch mit einem Tacker beworfen werde, streiche ich allerdings dann doch erst einmal wieder die Segel.

Fünfzehn Minuten später starte ich Versuch Nr. 3. Diesmal ist mein Kollege nicht im Büro und alle Türen sind fest geschlossen. Das ist auch gut so. Die freundliche Ansage „Herzlich Willkommen bei Ihrem..." wird von mir mit einem weit weniger freundlichen „Halt die Fresse!" erwidert. Die Dame am anderen Ende betet Ihren Text allerdings ungerührt weiter herunter. Was bei einer Bandansage ja auch nicht ungewöhnlich ist. Beim Start der infernalischen Höllenmelodie beiße ich beherzt in die Schreibtischkante. Diesmal kriegt Ihr mich nicht klein, diesmal nicht! Ich bin bereit diese Drecks-Kakophonie, die sich irgendein hirnamputierter Easy-Listening-Sadist beim Freigang aus der Geschlossenen ausgedacht haben muß, auszuhalten, bis ich aus den Ohren blute! Nach einer Viertelstunde knackt es laut in der Leitung. Es ist eine Sekunde still und dann höre ich tatsächlich ein echtes menschliches Wesen auf der anderen Seite:

„Finanzamt Düsseldorf Altstadt, Krause, guten Tag!"

Ich widerstehe der Versuchung, Herrn Krause zu beschimpfen und ihm mitzuteilen, daß die Wartemelodie seines Amtes eine Foltermethode darstellt, gegen die das von der Genfer Konvention geächtete Waterboarding ein harmloses Kindergeburtstags-Spielchen wie Topfschlagen darstellt. Stattdessen trage ich ihm lieber mein Anliegen vor. Ich bin erstaunt, in welch ruhigem Ton ich dies schaffe. Vermutlich bin ich durch das Gedudel bereits sediert. Herr Krause fragt mich nach meiner Steuernummer, ich teile ihm diese mit und er sagt: „Einen Moment bitte, ich verbinde Sie."

Hach ist das schön, ich werde verbunden! Noch nicht mal eine weitere Wartemelodie ist zu hören, nur das

Klingelsignal. Nach viermal Klingeln hebt jemand ab. Eine Bandansage teilt mir mit: „Guten Tag lieber Anrufer. Leider bin ich wegen einer dienstlichen Angelegenheit zur Zeit nicht am Platz. Bitte versuchen Sie es zu einem späteren Zeitpunkt noch einmal." Tut-Tut-Tut-Tut ...

Ich starre fassungslos auf den Hörer. Kein Weiterverbinden, keine Rückverbindung in die Zentrale zu Herrn Krause, noch nicht einmal die Wartefolter, nur Tut-Tut-Tut. Ich habe insgesamt bereits über eine Stunde am Hörer gehangen, und dann nur Tut-Tut-Tut! Ich verfluche Herrn Krause, seine Bandansagen-Kolleginnen und das ganze Finanzamts-Gesindel inklusive deren Mütter mit furchtbar unflätigen Worten, schmeiße den Hörer wieder auf die Gabel und mache Feierabend. In meiner derzeitigen Verfassung ist dies das Beste für mich und all meine Kollegen.

Freitag, 11. September 2015:

Nachdem ich am Vorabend einige Biere getrunken habe, fühle ich mich heute wieder in der Lage, einen weiteren Versuch zu starten. An normale Arbeit ist heute nicht zu denken. Das einzige Ziel an diesem Tage ist, eine Verbindung zum Finanzamt herzustellen und zumindest mit einem weiteren lebendigen Menschen (außer Herrn Krause) gesprochen und mein Anliegen vorgetragen zu haben. Ob es dann jemand weiterverfolgt, ist mir in diesem Moment völlig egal. Es gilt hier, erst einmal nur in kleinen Schritten zu denken.

Ich warte wieder, bis mein Kollege das Büro verläßt und wähle die bekannte Nummer. „Herzlich Willkommen beim…" Jaja, leck mich! Mein angeschlagenes Nervenkostüm lässt es allerdings heute nicht zu, daß ich mir die Wartemusik länger als zwei bis drei Minuten anhören kann. Ich breche erst einmal ab und versuche es im Laufe des Vormittags noch mehrmals ohne Erfolg. Nicht mal Herrn Krause bekomme ich heute an den Hörer. Naja, es ist Freitag und ich rufe bei einem Amt an. Das ist ja auch wirklich etwas sehr naiv von mir.

Gegen 11 Uhr breche ich den telefonischen Kontaktaufnahmeversuch endgültig ab. Mir ist eingefallen, daß es in unserer heutigen schönen neuen vernetzten Welt ja auch noch andere Kommunikationsmöglichkeiten gibt. Tatsächlich hat das Finanzamt Düsseldorf Altstadt eine Webseite und eine E-Mail-Adresse. Obwohl ich natürlich nicht weiß, ob auf der anderen Seite Empfangsgeräte für diese neumodische Technik existieren, fasse ich mein Anliegen in wenige, hoffentlich auch für Finanzbeamte verständliche Worte und schicke die Mail ab. Überraschenderweise habe ich wenige Minuten später eine automatische Antwort-Mail in meinem Postfach. In dieser werde ich explizit darauf hingewiesen, daß meine Mail aufgrund des Steuergeheimnisses ggf. auch auf dem üblichen Wege (Telefonanruf, Brief) beantwortet werden könnte. Hihi, das würde ja bedeuten, daß die Mail erstmal jemand lesen muß! Und der muß dann noch gewillt und in der Lage sein, diese zu bearbeiten und zu beantworten! Ich kichere leise vor mich hin und muß dabei einen leicht irren Eindruck auf andere machen. Jedenfalls vermeidet es mein Kollege, mir diesbezügliche Fragen zu stellen, wünscht mir stattdessen mit einem mitleidigen Blick ein sehr, sehr erholsames Wochenende und verlässt fast fluchtartig das Büro. Ich glaube, die zwei freien Tage werden mir sehr gut tun.

Montag, 14. September 2015:

Ich erscheine nach dem Wochenende frisch und erholt im Büro und fühle mich stark. Stark genug, jedem Psycho-Angriff auf mein neuronales Netzwerk standhalten zu können, sei es durch telefonische Terroransagen, diabolisches Pausengedudel oder stumpfsinnige Paragraphenreiter. Ich bin auf alles vorbereitet!

Jedenfalls war das mein Plan. In Wahrheit bin ich leider am Freitagabend schwer versumpft. Eigentlich wollte ich nur das Bundesligaspiel zwischen Gladbach und dem HSV bei ein paar gepflegten Bierchen in meiner Stammkneipe verfolgen. Der HSV gewann 3:0 und in meiner Euphorie beschloss ich, noch ein paar Läden weiterzuziehen. Dann wird alles sehr nebulös. Fakt ist, daß auf dem Taxameter des Fahrzeugs, das mich am Samstagmorgen nach Hause brachte nicht nur 28 Euro, sondern auch eine Uhrzeit von 7:14 Uhr zu lesen war. In der Brieftasche fehlen etwa 150 Euro und im Gehirn fehlen zwischenzeitlich etwa 5 Stunden. Keine guten Voraussetzungen für ein erholsames Wochenende. Durch mein fortgeschrittenes Alter bin ich leider auch nicht mehr wie früher in der Lage, derartige Aufschläge einfach so wegzustecken. Die Auswirkungen solcher Freitage sind mittlerweile auch am Montag danach im Büro immer noch spürbar. Von daher ist meine Form nicht die beste, was nichts Gutes für mein Vorhaben erahnen lässt.

Mein Kollege sieht mich prüfend an und erkundigt sich vorsichtig nach meinem Befinden. Nach meinem brummigen „Muß ja!" ist er glaube ich froh, daß er mir aufgrund eines zweistündigen Termins erst einmal aus dem Wege gehen kann. Diese zwei Stunden kann auch ich gut gebrauchen.

Zunächst prüfe ich, ob es auf meine Mail bereits eine Reaktion gibt. Natürlich nicht, aber das hatte ich auch nicht erwartet. Dann atme ich zweimal tief durch und wähle die Nummer, die mich mittlerweile in meinen Alpträumen verfolgt. „Herzlich Willkommen bei Ihrem Finanzamt Düsseldorf Altstadt." Den Text kann ich mittlerweile auswendig. Ich murmele ihn leise vor mich hin und stoße bei der Stelle mit den sechs Monaten ein gequältes Lachen aus. Ich habe den leisen Verdacht, daß hier nicht nur die Bearbeitung von Steuererklärungen sechs Monate dauert. Die Teufelsmusik dauert überraschenderweise diesmal nur wenige Takte. Mein guter alter Freund Herr Krause wünscht mir wie gewohnt einen guten Tag. Was für eine Farce! Wieder einmal trage ich mein Anliegen vor, diesmal mit dem Zusatz, ich hätte bereits mehrfach zu diesem Thema angerufen. Herrn Krause beeindruckt dies wenig und er fragt mich mit stoischer Gelassenheit nach meiner Steuernummer. Danach folgt wieder ein freundliches „Einen Moment bitte, ich verbinde."

Ich höre wieder das mir schon bekannte Klingelsignal und diesmal geht tatsächlich jemand dran: „Finanzamt Düsseldorf Altstadt, Mönkemeyer, guten Tag!" flötet eine Frauenstimme. Aha, Frau Mönkemeyer scheint ihre dienstliche Angelegenheit vom Donnerstag also mittlerweile beendet zu haben.

„Guten Tag Frau Mönkemeyer! Mein Arbeitgeber hat mir mitgeteilt, daß ihm vom Finanzamt eine falsche Steuerklasse für mich mitgeteilt wurde. Und zwar Steuerklasse 6, ich habe aber seit jeher Steuerklasse 1. Könnten Sie das bitte wieder ändern lassen?" Ich bin so stolz auf mich! Eine klare Aussage verbunden mit einem eindeutigen Arbeitsauftrag. Und das ganze in leicht verständlichen Worten ohne unnötige Zusätze oder Beleidigungen. Jetzt wird alles gut, oder? Nein, zu früh gefreut! Frau Mönkemeyer wehrt den Auftrag mit ebenso eindeutigen Worten ab: „Ja, da müssen Sie bei der Service- und Informationsstelle anrufen. Die ändern das dann."

Das darf doch wohl nicht wahr sein! Ich versuche an ihr Mitgefühl zu appellieren: „Ja, aber ich bin doch extra mit meinem Anliegen zu Ihnen durchgestellt worden! Können Sie das nicht weiterleiten?" „Nee, das macht die Service- und Informationsstelle, dafür sind wir hier nicht zuständig." Ah, da ist er ja endlich, der Zaubersatz der deutschen Amtsstuben! Hat ja lange genug gedauert, bis ich den zu hören bekomme. Frau Mönkemeyer fährt fort: „Die Kollegen haben mir schon gesagt, daß da diesen Monat wieder mal einiges schiefgelaufen ist." Sie lacht schelmisch. So ist er, der deutsche Beamte. Die Kollegen machen Fehler, der Kunde schäumt vor Wut und der Beamte lacht sich eins.

Ich resigniere. „Ok, können Sie mir dann bitte die Durchwahl für die Service- und Informationsstelle geben?" „Die bekommen Sie über die Zentrale." „Aber die habe ich doch schon…" Ach was soll's, ich gebe auf. Ich bedanke mich kleinlaut und wähle die Nummer, die ich inzwischen vorwärts und rückwärts aufsagen kann.

Es folgt das Übliche: „Herzlich Willkommen blablabla", gefolgt von etwa fünf Minuten lieblicher Musik. Dann wieder Herr Krause: „Finanzamt Düsseldorf Altstadt, Krause, guten Tag!" Ich überschlage mich nun fast vor sarkastischer Höflichkeit: „Einen wunderschönen Tag, Herr Krause! Ich bin's schon wieder. Es wäre mir eine riesige Freude wenn Sie mich mit Ihrer Service- und Informationsstelle verbinden könnten. Verbindlichsten Dank!" Krause reagiert wie gewohnt mit einer stoischen Gelassenheit. Ich glaube nicht, daß er mich wiedererkennt, obwohl wir vor nur fünf Minuten miteinander gesprochen haben. Mittlerweile denke ich, daß er einer dieser neumodischen

Avatare ist, die nur auf bestimmte Schlüsselwörter reagieren. „Einen Moment bitte, ich verbinde."

Es tutet. Einmal, zweimal, fünfmal, achtmal. Dann ist kurz Ruhe, dann eine Bandansage: „Leider ist der von Ihnen gewünschte Gesprächspartner nicht erreichbar. Sie werden nun wieder mit der Telefonzentrale verbunden." Dann wieder diese Scheiß-Musik - ich könnte kotzen!!! Dann meldet sich wieder Herr Krause, diesmal allerdings mit neuem Text: „Hallo? Da scheint niemand da zu sein." „Ach was! Können Sie mir dann vielleicht eine Durchwahl geben?" Ja, das kann er sogar. Er gibt mir die Nummer und wünscht mir noch einen schönen Tag. Humor hat er ja, das muß man ihm lassen.

Mittlerweile ist es zehn Uhr durch. Ich checke nochmals meinen Maileingang. Nichts! Ich versuche nochmals die Durchwahl der Service- und Informationsstelle. Nichts! Ich schaue auf die Webseite und informiere mich über die Servicezeiten der Service- und Informationsstelle. Die Servicezeiten sind täglich von 7:30 Uhr bis 12:30 Uhr. Ich versuche daher weitere Anrufe um 10:30 Uhr, 10:45 Uhr und um 11 Uhr. Nichts! Noch ein letzter Versuch um 12 Uhr. Na? Richtig, nichts!

Traurig hole ich mir einen Kaffee und weine still in meinen Becher. Sie haben mich gebrochen. Nur drei Tage waren dazu nötig. Gegen das deutsche Beamtentum ist einfach kein Kraut gewachsen. Das Beste wird sein, ich akzeptiere meine neue Steuerklasse 6 und suche mir einen Zweitjob. Vielleicht in einem Amt.

Das am häufigsten verwendete Tatwerkzeug des Beamten ist nach wie vor das Telefon. Hier ein aktuelles 2015er Modell aus Zimmer 2-14 des Finanzamtes Düsseldorf-Altstadt (Buchstabe R-Z).

Hindernismenschen

Während meines letzten Sylt-Urlaubes lernte ich eine neue Spezies kennen, die in unserem Lande immer mehr Verbreitung findet: der Hindernismensch (Homo hindernensis). Dieser tritt meistens allein oder zu zweit, zuweilen aber auch im Rudel auf, und zwar favorisiert bei Großereignissen, auf Treppen oder an belebten Plätzen und dort bevorzugt an Engstellen. Der Hindernismensch ist häufig älteren Baujahrs, meist weit jenseits der 70. Es wurden aber durchaus auch schon jüngere Exemplare gesichtet. Auch von Hindernistieren, meist Hunden, wurde schon berichtet, wobei diese aber fast immer in Begleitung eines Hindernismenschen anzutreffen sind. Manchmal steht aber auch eine Hinderniskuh oder eine ganze Hindernis-Schafherde ohne menschliche Begleitung uninspiriert auf der Fahrbahn herum.

Die Arbeitsweise des Hindernismenschen ist immer dieselbe: Sobald man sich z.B. in einer belebten Fuß-gängerzone einer Engstelle nähert, schießt der Hin-dernismensch wie aus dem Nichts aus einer vorher nicht beachteten Nische, einem Hauseingang oder einem Mauervorsprung hervor und setzt sich direkt vor den dahineilenden Normalmenschen. Dieser wird dadurch in seinem Bewegungsdrang jäh gebremst, da sich der Hindernismensch maximal mit einem Viertel der Geschwindigkeit des Normalmenschen fortbe-wegt. Eine bei Hindernismenschen beliebte Variante dieser Vorgehensweise ist auch, aus der schnellen

Gangart heraus abrupt bis zum Stillstand abzustoppen und damit den nachfließenden Verkehr zu behindern.

Eine Steigerungsform des beschriebenen Hindernismenschen stellt der sogenannte Blockademensch dar. Während es beim Hindernismenschen lediglich zu einer temporären Verzögerung der beabsichtigten Handlungen kommt, verhindert der Blockademensch langfristig, dass der Normalmensch seinen Weg fortsetzen kann. Blockademenschen sitzen bei Ihrer Tätigkeit häufig in Kraftfahrzeugen, treten oft aber auch einzeln auf Bahngleisen („Personenschaden") in Erscheinung…

Bei Auftreten eines Hindernismenschen sind meines Erachtens nur zwei Arten der Abhilfe wirksam: 1. Ruhig bleiben und stoisches Ignorieren oder 2. die Anwendung roher Gewalt (Umtreten!). Da die zweite Methode nicht von übermäßiger sozialer Kompetenz zeugt und auf die Umstehenden auch meist sehr befremdlich wirkt, ist Methode 1 zu bevorzugen, zumal der nächste Hindernismensch garantiert schon an der nächsten Ecke lauert.

Auf die Frage nach der Intension des Hindernismenschen, dem „Warum?", gibt es nur eine logische Erklärung: Der Hindernismensch ist ferngesteuert! Irgendwo weit oben sitzt jemand mit einer großen Playstation und hat einen Heidenspaß daran, die vielen kleinen Hindernismenschen auf ihre zeitraubende Mission zu schicken, und lacht sich jedes

Mal scheckig, wenn er wieder mal einen von ihnen erfolgreich ins Ziel gebracht hat.

Fazit: Hindernismenschen sind himmlische Vorsehung und damit nicht zu stoppen!

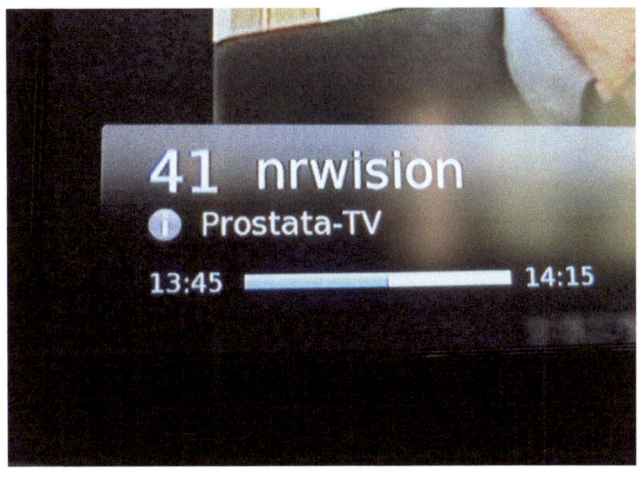

Aufgrund seines oftmals fortgeschrittenen Alters bevorzugt der Hindernismensch ein auf seine persönlichen Bedürfnisse zugeschnittenes Fernseh-programm.

Der Liegeradfahrer

Eine von der Literatur bislang völlig zu Recht vernachlässigte Erscheinungsform des Verkehrs-teilnehmers ist der Liegeradfahrer. Es stellt sich dabei zunächst grundsätzlich die Frage, welche Beweggründe einen Menschen dazu treiben, am zumindest in Großstädten (denn dort kommt der Liegeradfahrer im Wesentlichen vor) nicht gerade ungefährlichen Straßenverkehr in einer Körperhaltung teilzunehmen, die normale Menschen lediglich bei der Nachtruhe, auf dem Sofa vor dem Fernseher oder, mit Abstrichen, beim ehelichen Beischlaf einnehmen.

Liegeradfahrer liegen, daher der Name, nämlich auf einem Gefährt, bei dem der Körper in voller Länge fast waagerecht zur Fahrbahn positioniert wird. Die Füße treten dabei zur Fortbewegung in einer körperlich komplett unnatürlichen Haltung in zwei Pedale, die sich ungefähr in Kopfhöhe befinden. Da sich bei dieser Antriebsart schon rein anatomisch keinerlei Kraftübertragung ausüben, und auch die Stabilität des Vehikels im Allgemeinen sehr zu wünschen übrig lässt, schlingert der Liegeradfahrer im gemäßigten Tempo von durchschnittlich 12 km/h durch den Großstadtverkehr, immer flankiert von diversen Lkw oder SUV (vorzugsweise Porsche Cayenne oder BMW X7), deren Auspuffgase sich durch die niedrige Flughöhe des Liegeradfahrers dabei optimal in dessen Lunge befördern lassen.

Diese zwangsläufig eingeatmeten Abgase würden normalerweise zu schweren gesundheitlichen Schäden führen. Hier zeigt sich allerdings der Vorteil des Liegeradfahrers: Es kann bei ihm keinen Schaden mehr anrichten. Seine komplette Ignoranz aller geltenden Straßenverkehrsvorschriften macht ihn quasi unverwundbar. Rote Ampeln, markierte Fahrradwege oder Fußgängerzonen existieren für ihn nicht. Zur Selbstverteidigung steht ihm eine große helltönende Glocke (Modell „Ding-Dong") zur Verfügung. Außerdem ist jedes Liegerad mit einem lustigen hellgelben Wimpel ausgestattet, mit dem es auch bei unübersichtlichen Straßenverhältnissen schnell zu erkennen ist. Die Extravaganz seines Gefährts erhebt den Liegeradfahrer dabei in einen Sonderstatus, der ihn für andere Verkehrsteilnehmer unantastbar macht. Er trägt immer einen Helm. Und er ernährt sich vegan und makrobiotisch. Ihn kann also nichts passieren.

Beruflich betreibt der Liegeradfahrer ein Geschäft für Lenkdrachen, Handpuppen oder Kinderbekleidung. Manchmal auch einen Öko-Imbiß. Aber meistens ist er Sozialarbeiter, Sonderschullehrer oder Betreuer in einem Montessori-Kindergarten. Und er wählt immer Grün. Sein durchschnittliches Alter beträgt etwa 40 Jahre. Er betrachtet unsere Welt durch eine Nickelbrille mit runden Gläsern. Unter dem bereits erwähnten Fahrradhelm verbirgt sich meist eine bereits recht schüttere Haarpracht, deren klägliche Reste zu einem Pferdeschwanz zusammengebunden sind. Das Outfit besteht aus einem selbstgestrickten Pullover und einer Hose aus biologisch angebautem Hanf, welcher im übrigen auch gern und häufig konsumiert wird. Komplettiert wird das Ganze durch Jesus-Sandalen oder Gesundheitsschuhe der Marke Birkenstock. Das gesellschaftliche Ansehen des Liegeradfahrers liegt dabei irgendwo auf dem Niveau zwischen Versicherungsvertretern und Straßenpantomimen. Zwar ansatzweise lustig aber irgendwie sinnlos.

Die klassische Form des Liegeradfahrers ist auf unseren Straßen heute zum Glück nur noch vereinzelt zu finden. Mehr und mehr verbreiten sich aber in letzter Zeit sogenannte Cruiser. Diese chopperähnlichen Geräte dienen allerdings überhaupt nicht mehr der Fortbewegung, sondern lediglich dem Zweck, ihre Fahrer möglichst cool aussehen zu lassen. Klappt leider nicht, schade!

Wie alle hippen Menschen bevorzugt auch der Liegeradfahrer die Kommunikation mit Hilfe von draht-
losen Netzwerken. Allerdings ist bei der Wahl des
Anbieters Vorsicht geboten.

Der Homo sachsiens

Wenn einer eine Reise tut, dann kann er was erleben. So oder so ähnlich sagt man wohl. Dabei gibt es bei der Wahl des Reisezieles unterschiedliche Präferenzen. Der eine bevorzugt zum Beispiel die Abenteuer-Safari in Afrika, der andere fährt zum Wandern in den malerischen bayerischen Wald. Dies sind natürlich zwei vollkommen abweichende Urlaubskonzepte. Auf der einen Seite: exotische Gegenden, fremde Kulturen und seltsame Stammesriten; auf der anderen Seite: Afrika. Grundsätzlich ist es aber vollkommen egal, ob man um den halben Erdball fliegt, oder im eigenen Lande bleibt. Denn auch in unseren Breitengraden kann man Erstaunliches in Sachen menschlicher Evolution entdecken. Auf einer kleinen Reise in das schöne Konstanz am Bodensee konnte ich dies am eigenen Leib erfahren.

An einem lauen Spätsommertag steuere ich frohen Mutes ein zu diesen frühen Abendstunden noch spärlich besetztes Lokal an. Ich wähle einen Tisch ganz rechts außen, um einen freien Blick auf das benachbarte Hafenbecken und das allgemeine Treiben zu haben und um das Risiko einer Störung durch allzu laute Nachbarn zu minimieren. Dann bestelle ich mir ein erfrischendes Hefeweizen und freue mich meines Lebens. Zunächst ist auch alles gut, doch nach ein paar Minuten naht das Unheil in Gestalt eines Ehepaares, dem man die ostzonale Herkunft schon von weitem ansieht. Er trägt ein bunt geringeltes Polohemd sowie viel zu kurze, da bis unter die Achsel-höhlen gezogene karierte Shorts. Die kalkweißen dürren Beine stecken selbstverständlich in weißen Sportsocken, denen mit je einem roten und einem blauen Streifen. Diese werden glaube ich nur noch im Osten und für den Osten produziert. Oder von Trige-ma, von Herrn Grupp und dem sprechenden Affen? Egal, jedenfalls harmonieren sie trefflich mit den hellbraunen Ledersandalen. Vervollständigt wird das Ensemble durch die unvermeidliche, unter der üppi-gen Bierplautze baumelnde Bauchtasche. Ich möchte mal wissen, wozu diese Menschen immer eine Bauch-tasche brauchen. Portemonnee, Handy, Schlüssel, mehr hat man als Mann doch nicht dabei, oder? Um die bereits stark gerötete Halbglatze vor weiterer Sonneneinstrahlung zu schützen, prangt auf dem Kopf ein formschöner, ehemals weißer Schlapphut mit einem Logo des Freistaates Sachsen.

Seine Gattin verhüllt ihre 85 Kilo Lebendgewicht mit einem sackartigen, in allen unnatürlichen Farben der Welt leuchtenden, viel zu durchsichtigen Gewand, bei dessen Anblick man sich die guten alten Zeiten des Schwarz-Weiß-Fernsehens zurückwünscht. Das VEB-Kombinat Bitterfeld für Sozialistische Farbgestaltung und Textile Freizeitmoden hat bei diesem guten Stück ganze Arbeit geleistet. Dazu trägt die Dame von Welt pinkfarbene Flipflops, die den Blick unweigerlich auf die nagelpilzverseuchten Füße lenken. Wenn man dann vor Schreck hochschaut, blickt man in ein durch tausende Stunden Sonnenstudio gegerbtes Lederge-sicht, das zum Glück halb durch eine riesige Sonnenbrille der Marke „GUCCKI" verdeckt wird; vermutlich ein Schnäppchen aus dem letzten Urlaub auf der Insel Mallorca. Und als wäre diese optische Umweltverschmutzung nicht schon Zumutung genug, setzt sich das Schreckenspaar natürlich unmittelbar an den Nachbartisch und beginnt ohne mir die Chance zu geben, das Gesehene zu verarbeiten, mit einem lautstarken Dialog in einer längst vergessenen Sprache:

Sie: „Ei gugge mol, do is en Göddamöroohn!"

Die Betonung der letzten Silbe schneidet sich wie ein Skalpell in meinen Hörnerv. Sollte es immer noch Zweifel an der Herkunft gegeben haben, so wurden sie mit diesem Satz soeben mit Vehemenz beiseite gefegt.

Er: „Wö is en Göddamöroohn?"
Sie: „Na doo, im Höfen!"
Er: „Des is doch kei Göddamöroohn!"
Sie: „Ja sischer is des a Göddamöroohn!"
Er: „Nääää, des is kei Gööddamöroohn!"

Ich muß dringend einschreiten, wenn ich vermeiden will, daß meine Ohren anfangen zu bluten. Also wende ich mich mit aller Freundlichkeit an meine Tischnachbarin:
„Entschuldigen Sie bitte, wenn ich mich einmische, aber da hat Ihr Gatte recht: Es handelt sich nicht um ein „Göddamöroohn" sondern um ein KATAMARAN."
Ich betone überdeutlich jede Silbe. Dann drehe ich mich freundlich lächelnd wieder auf die andere Seite.

Es dauert mehrere Sekunden, bis dieser Satz die sächsischen Gehirnwindungen durchdrungen hat, dann setzt eine lautstarke Schimpfkanonade ein: „Wös bildn Se sisch eischendlisch ein? So eine Ünvörschämdheid, was glauben se denn eischendlisch wer se sind?"

Ich setze wieder mein freundlichstes Lächeln auf und sage: „Tut mir leid, aber ich spreche Ihre Sprache nicht!"

Jetzt ist Ruhe. Die beiden Ost-Teutonen starren mich mit offenem Mund an. Dann stoßen sie kopfschüttelnd noch ein paar unverständliche Flüche in ihrer Heimatsprache aus, unterhalten sich aber anschließend nur noch in gedämpfter Lautstärke miteinander. Ab und zu wird mir noch ein böser Blick zugeworfen, aber insgesamt war das eine gelungene Aktion. Ich bin ein schon wenig stolz auf mich, daß ich ein kleines Stück zur Völkerverständigung beitragen konnte. Ohne mein Einschreiten wären diese beiden putzigen Exemplare so weit außerhalb ihres heimatlichen Freistaates doch vollkommen verloren gewesen. In solchen Notsituationen helfe ich immer gern.

Dieses Foto eines winterlich verschneiten Kfz passt
jetzt nicht unbedingt zur vorhergehenden Geschichte.
Ich möchte damit lediglich den Künstler würdigen.
Chapeau!

Sonntagsausflug

Was macht der deutsche Durchschnittsbürger, nachdem der sonntägliche Schweinebraten verzehrt ist? Richtig, er lädt seine komplette Sippe in die klapperige, am Vortag noch auf Hochglanz polierte Familienkutsche und macht sich mit ihr auf in das nächstgelegene Naherholungsgebiet.

Also werden die drei bis vier größtenteils selbst gezeugten Blagen, die müffelige Oma und/oder Opa sowie die nicht mehr ganz taufrische Gattin in den untermotorisierten Kleinwagen gezwängt und auf geht die lustige Fahrt. Unverwechselbare Kennzeichen solcher Alptraum-Transporte sind der verbeulte Filzhut des Fahrers, die gehäkelte Klorolle auf der Ablage und vor allem die auch auf schnurgeraden, rollfeldbreiten Landstraßen konstant bei 60 km/h gehaltene Geschwindigkeit. Der Familienvorstand hat es sich nämlich zur Aufgabe gemacht, seine Angehörigen auf die verborgenen Schönheiten der heimischen Landschaft hinzuweisen, für die sich schon im normalen Alltag kein Schwein interessiert. Ein interessantes Phänomen in diesem Zusammenhang sind die auf freier Strecke unvermittelt durchgeführten Vollbremsungen, damit sich die liebe Familie eingehend der näheren Betrachtung interessanter Sehenswürdigkeiten wie Kuhherden, Kläranlagen oder Maulwurfshügeln widmen kann. Hinterherfahrende werden dadurch zu unfreiwilligen Elchtests gezwungen und nach berechtigten Gesten mit Zeige- oder

Mittelfinger mit empörtem Keifen und Kopfschütteln der feisten Angetrauten des Straßenverkehrs-Analphabeten bedacht. Wenn man richtig Glück hat, kann man sich einige Tage später dann auch noch über eine Anzeige wegen Beleidigung und Nötigung freuen.

Hat die Höllenbrut schließlich das beabsichtigte Ausflugsziel erreicht, nimmt das eigentliche Grauen seinen Lauf. Man pellt sich auf einem großen Sammelparkplatz mühselig aus dem Fahrzeugblech. Gleichzeitig entsteigen hunderten weiteren Fahrzeugen Gruppen in fast identischer Zusammensetzung. Die einzelnen Gruppen vereinigen sich dann zu einer riesigen Fleischlawine und fluten das besagte Naherholungsgebiet. Dieses besteht üblicherweise aus einem Waldstück, einem See oder einem Hügel. Eben alles, was nicht nach Stadt aussieht. Das Erholungsgebiet ist im Umkreis von einigen hundert Kilometern das einzige seiner Art, daher herrscht ein Gedränge wie beim Sommerschlußverkauf am Schlüpfer-Grabbeltisch bei Woolworth. Die normalerweise vorherrschende himmlische Ruhe wird durch ein Gemisch aus Kindergeschrei, Hundegebell und Motorenlärm ersetzt. Es geht doch nichts über einen entspannenden Ausflug aufs Land.

Diverse Ausflugslokale erfreuen sich bei diesen Gelegenheiten besonderer Beliebtheit und ziehen die sonntäglichen Invasoren an wie ein frisch gelegter Kuhfladen die Schmeißfliegen. Hat man trotzdem mal einen freien Platz erobert, darf man sich auf das erfrischende Erlebnis freuen, seine Speise gemeinsam an einem Tisch mit einer Bilderbuch-Sonntags-Familie einzunehmen. Das Spektrum der in diesem Zusammenhang erlebbaren Erfahrungen reicht von Ehekrächen und lautstarken, handfesten Erziehungsmaßnahmen über sabbernde Greise und Kinder, die ihren Sonntagspudding über ihre Geschwister erbrechen bis hin zum Wechsel von Einwegwindeln, deren Inhalt im übrigen eine ähnliche Farbe und Konsistenz aufweist, wie das direkt daneben servierte Jägerschnitzel in Pilzrahmsauce.

Nachdem man mehrere Stunden in dieser Freizeithölle ausgeharrt hat, kommt man auf die einzig richtige Idee: Heimfahrt! Leider ist man auch hier nicht der Einzige. Dieselbe Blechlawine wie vorhin wälzt sich wieder langsam durch die Landschaft, die wie jeden Sonntag wieder ein Stück mehr ihrer Jungfräulichkeit eingebüßt hat. Wer zu spät aufbricht oder keine Umleitung kennt, dem bieten sich zum Abschluß des Tages nochmals Stunden kurzweiliger Unterhaltung. Bei 30 km/h Durchschnittstempo kann man dann auch mal die Gedanken schweifen lassen. Vielleicht ja auch schon mal zum darauffolgenden Montag im Büro. Wie gut, daß man sich heute so gut erholt hat.

Nächsten Sonntag bleib' ich zuhause!

Dieser sympathische Verkehrsteilnehmer ist auf
Sonntagsausflügen eher selten anzutreffen.

Rennradfahrer

Vor einiger Zeit habe ich mich an dieser Stelle über den Liegeradfahrer ausgelassen. Nun möchte ich auf seinen nahen Verwandten, den Rennradfahrer eingehen. Ich möchte an dieser Stelle allerdings betonen, daß ich keinesfalls etwas gegen Radfahrer per se habe. Denn auch ich selbst bin ab und zu auf meinem Trekkingbike unterwegs, wenn es denn das Wetter sowie mein allgemeiner körperlicher Zustand zulassen. Und wenn ich nicht gerade in meinem Cabrio sitze und mich über Radfahrer aufrege.

Lustig ist das Outfit des Rennradfahrers. Neben den obligatorischen Radlerhosen, einem Helm und Sonnenbrille tragen sie meistens die knallbunten Trikots Ihrer Helden der Tour de Doping mit diversen Werbeaufnähern. Meistens fühlen sie sich dann auch wie ein Lance Armstrong oder ein Bernard Hinault, auch wenn die hautengen Trikots bei einigen Kollegen eher den Eindruck von Presswurst vermitteln. Dies ist allerdings nicht verwerflich, denn auch unsereiner hat ja im Sommer 2014 mit Deutschland-Trikot vor dem Fernseher gesessen und trotz unübersehbarer Bierplautze einen wesentlichen Anteil am Titelgewinn in Brasilien beigetragen. Wir sind Weltmeister! Oder waren es zumindest mal...

Der Rennradfahrer tritt entweder allein oder in Rudeln auf, vornehmlich an Wochenenden und vor allem dort, wo er den normalen Freizeitradlern oder

Autofahrern gehörig auf den Sack gehen kann. Als Einzelkämpfer pflügt er dabei sehr gerne auf ausgewiesenen Mehrzweckwegen im Hochgeschwindigkeitstempo durch Gruppen von anderen Radfahrern, Inlinern oder Fußgängern. Blöd daran ist, daß der Angriff von hinten immer ohne Vorwarnung erfolgt, da sich an der hochtechnisierten 3.000-Euro-Karbonmaschine keine Klingel befindet. Diese zusätzlichen 30 Gramm Gewicht würden ja einen erheblichen Leistungsverlust bewirken. Überhaupt ist das Rennrad von allen üblichen Straßenverkehrszulassungsvorschriften befreit. Neben der nicht existenten Klingel findet man außerdem weder Schutzbleche noch Rückstrahler, Licht oder Reflektoren. Alles Ausstattungsmerkmale, die für den normalen Radfahrer Pflicht sind. Aber so ein Rennrad gilt nicht als Verkehrsmittel, sondern als Sportgerät. Als solches unterliegt es eben nicht der schnöden StVZO. Trotzdem darf man es anscheinend auf der Straße betreiben. Ach so ist das? Man darf mit Sportgeräten auf die Straße? Dann stelle ich mich demnächst auch mit meinem Golfbag auf das Autobahnkreuz Aachen und pöhle meine Abschläge mit dem Einer-Holz in Richtung holländische Grenze. Das wird spaßig, freue mich schon auf den Polizei-Großeinsatz.

In Rudeln auftretend machen sich Rennradfahrer besonders beliebt, denn sobald mehr als zwei gemeinsam auf Tour sind, fahren sie nicht etwa hintereinander. Oh nein, denn dann wird im Pulk gefahren, so wie man es sich bei den großen Vorbildern abgeschaut hat. Wer ist nicht schon bei einem Wochenendausflug durch das beschauliche Bergische Land auf eine solche Truppe gestoßen, die sich über die komplette Fahrbahn ausbreitet. Da macht das Überholen bei kurvenreicher und hügeliger Strecke doch gleich doppelt Freude. Zweifellos sind Rennradfahrer wegen ihrer nicht vorhandenen Knautschzone aber im Ernstfall dann doch ein eher harmloses Hindernis.

Besonders in Großstädten trifft man übrigens in letzter Zeit häufig auf sogenannte Fixies. Nein, dies sind keine Einwegwindeln, sondern eine besondere Form des Rennrades, die meist von supercoolen Hipstern aus der Werbebranche gefahren werden. Neben der oben bereits genannten fehlenden Ausstattung verzichten Fixies auch noch auf Gangschaltung und, besonders lustig, auf Bremsen. Ein Fahrrad ohne Bremsen, darauf muß man auch erstmal kommen! Und dann sind die Dinger auch noch scheiße teuer. Kann eigentlich nur von einem Autofahrer erfunden worden sein, zur Bestandsverminderung des natürlichen Feindes im Straßenverkehr. Hut ab, ein echter Geniestreich!

Die ohnehin schon sehr geringe Verwechslungsgefahr
dieser beiden Produkte erledigt sich spätestens bei
ihrer Verwendung.

Weihnachtsmarkt

Juchee, nächsten Freitag werden endlich wieder die Weihnachtsmärkte eröffnet! Wurde aber auch langsam Zeit, wird man doch schließlich schon seit Oktober in den Kaufhäusern mit Weihnachtsliedgut belästigt. Und die Dominosteine liegen auch schon seit September bei Aldi. Nun kann man sich endlich wieder dem schönen deutschen Brauchtum widmen. So schiebt man sich also gemeinsam mit tausenden anderen Hindernismenschen durch die festlich beleuchteten Büdchengassen auf dem Weg zum bevorzugten Glühweinstand. Daß dieser meist auch von allen anderen bevorzugt wird, macht den Weg dorthin nicht eben leichter.

Egal, dann wird eben auf halber Strecke ein Altbier oder eine Feuerzangenbowle eingenommen. Außerdem säumen allerlei Leckereien den Weg. Zum Auftakt eine Bratwurst und ein paar Reibekuchen mit Apfelmus können nicht schaden, schließlich benötigt man eine solide Grundlage für die später noch zu erwartenden Heißgetränke. Wieso eigentlich später? Hier ist doch direkt noch ein weiterer Stand! Na gut, dann eben noch einen Roten auf den Weg. Und noch einen Weißen, man will ja mal vergleichen. Nun aber weiter, bis zur Stammbude ist es noch weit. Die am Wegesrand liegenden Stände mit originalen Schnitzereien aus dem Erzgebirge werden ebenso verschmäht wie der polnische Maronenverkäufer im Nikolausgewand. Wer isst eigentlich sowas? Schmeckt irgendwie nach muffigem Teppich! Dann doch lieber die Champignons in Bierteig mit Knobisauce. Mann, das gibt vielleicht einen Brand, da muß erstmal ein Bier zum Löschen her! Ach nee, Kollege Klaus, auch hier? Na dann mal direkt noch eine Runde! Oder zwei. Na gut, einen noch, aber dann muß ich weiter!

So. Bereits ein wenig schwankend wird danach der Weg fortgesetzt. Schließlich verspricht die hohe Frauendichte am bevorzugten Glühweinstand noch ein erhebliches Flirtpotenzial. Theoretisch. Den Stand mit dem warmen Schinken im Roggenbrötchen hätten wir beinahe übersehen, also noch ein Zwischenstopp aber schließlich stehen wir vor dem Ort des Begehrens. Naja, nicht direkt davor. Direkt davor steht eine riesige Wand aus Steppjacken und Mützen, die den überforderten Thekenkräften ihre bereits geleerten Glühweinbecher zur Neubefüllung oder zwecks Rückerhalt des entrichteten Pfandgelds entgegenstrecken. Nun heißt es Ellenbogen einsetzen! Mit einem durch die bislang bereits eingenommenen Getränke gestärkten Selbstbewußtsein schiebt man sich im Zeitlupentempo durch die Menge, verdrängt hier und da ein zierliches blondes Persönchen, eckt mit dem einen oder anderen Proll an und landet schließlich am Tresen zum Bestellvorgang. Wieviel brauchen wir? Zwei für jeden, nee lieber drei, dauert ja sonst ewig. Macht 27 Euro mit Pfand, ach das ist ja günstig!

Nach erfolgter Transaktion und Entgegennahme des Gesöffs, nicht ohne sich dabei gehörig die Pfoten zu verbrennen, wird Ausschau nach einem geeigneten Ort zur Verköstigung gehalten. Da vorne am Stehtisch scheint noch ein Eckchen frei zu sein. Also nochmals ab durch die Menge, diesmal allerdings bewaffnet mit mehreren Gläsern 100 Grad heißem biologischen Kampfstoff. Mit dem beliebten Ausruf „Vorsicht, heiß und fettig!" kommt man übrigens noch ein wenig schneller voran.

So geschafft, nun erst mal die Batterie mit der heißen Plörre vor sich aufgebaut und den Rundblick schweifen lassen! Gutes Material hier, da geht heute noch was. Die Anmachsprüche kommen dank der schon reichlich zugeführten Menge des leckeren Heißgetränks locker von der Zunge: „Na, auch hier?" oder „Ich glaube ich muß im Himmel anrufen, ob die dort einen Engel vermissen!" Welche Frau kann da schon widerstehen? Der aktuellen Erfahrung nach doch so einige. Läuft noch nicht so richtig an, die Sache. Nun gut, dann hilft es meistens, andere durch lautstark vorgetragene Geschichten und Gelächter auf sich aufmerksam zu machen. Seltsamerweise finden das nicht alle Umstehenden lustig, haben wohl keinen Humor.

Zum Glück gibt es immer noch die Junggesellenabschiede, oder Gesellinnen, wie in diesem Fall eine Gruppe von etwa zehn mittelalten Frauen, alle mit lustigen rosa Plüsch-Cowboyhüten auf dem Kopf. Die Truppe gesellt sich an den Nachbartisch. Unschwer ist auszumachen, wer die „Glückliche" ist, denn sie unterscheidet sich von den anderen durch ein rosa

Kleidchen, rosa Cowboystiefel und eine rosa Pelzstola, sowie einen Bauchladen, aus dem sie allerlei lustige Dinge verkaufen muß: Kondome, Süßigkeiten, kleine Feiglinge und sonstige Leckereien. Also bei der Truppe ist doch bestimmt was zu machen. Eine Runde Glühwein und schon ist der Kontakt geknüpft. Das Niveau der Gespräche ist so flach wie der Lautstärke- und Alkoholpegel hoch ist. Schnell ist man mit einer der Damen auf gleicher Wellenlänge. Der Inhalt des Gesprächs ist egal und schnell wieder vergessen, wir wissen schließlich beide, warum wir hier sind. Nach mehreren weiteren Getränken und einigem Herumgeschäkere schwinden die Hemmungen (sowie die Gehirnzellen) und man beschließt, in den Nahkampf überzugehen. Leider ist die Dame dann alkoholtechnisch doch noch nicht so weit vorne wie man selbst und verweigert den angestrebten Zungenkontakt. Dann hilft es, sie mit einer ihrer Freundinnen eifersüchtig zu machen, das klappt meistens. Und tatsächlich, nachdem man die Auserwählte ignoriert und sich den anderen zuwendet, legt sich plötzlich eine Hand um die eigene Hüfte. Sie müsse mal kurz um die Ecke, ob ich sie begleiten könnte? Können wir machen, bingo! Also mal kurz von den Jungs verabschiedet und mit breitem Grinsen ab hinter den Glühweinstand in die nächste ruhige Seitenstraße.

Die anschließende Fummel- und Züngelei wird allerdings jäh unterbrochen. Nach nur wenigen Minuten Zweisamkeit gewinnt der Mageninhalt den Kampf gegen die ohnehin nur noch eingeschränkt funktionsfähige Libido. Dabei scheitert leider der Versuch, der

Angebeteten wenigstens noch ein rosa Herz auf Glühweinbasis in den Schnee zu kotzen. Zum einen an der eingeschränkten Koordinationsfähigkeit, zum anderen an der Farbgebung, was an der Menge der zusätzlich hinzugefügten Komponenten liegen dürfte (Reibekuchen, Bratwurst, Crepes,... Oh, Pommes hatte ich auch noch?). Nach einem freundlich gelallten „Isch ruf disch dann mal an!" entschwindet sie schließlich ohne Antwort und ohne sich nochmal umzudrehen in der Nacht. Naja, hat mich wohl nicht mehr gehört. Dann kann ich ja auch zurück zum Glühweinstand gehen, da waren ja noch ein paar andere, also weiter geht's.

Frohe Weihnachten!

Bei der Wahl des richtigen Weihnachtsgeschenkes kommt es im wesentlichen darauf an, daß es zum Beschenkten passt. Dabei sollten die individuellen Bedürfnisse des Einzelnen unbedingt berücksichtigt werden.

Wie man Freunde gewinnt

Laut der modernen Literatur gewinnt man Freunde am besten durch natürliches Auftreten und bei gemeinsamen Aktivitäten in Sport- oder sonstigen Vereinen. Manchmal reicht aber auch eine einzige körperliche Aktion, um sich den Respekt eines anderen zu verdienen. Mittels einer solchen Aktion lernte ich meinen Freund Volker kennen.

Anfang der 90er Jahre begann ich mein BWL-Studium in Göttingen. Göttingen ist eine sehr schöne kleine Studentenstadt, in der man alles mit dem Rad gut und schnell erreichen kann. Ein großes Plus für uns angehende Wirtschaftsbosse war die Vielzahl der von verschiedenen Kneipen und Institutionen veranstalteten Studentenpartys. Tatsächlich konnte man an fast jedem Tag der Woche auf eine andere Party gehen. So gab es z.B. die Vollmondpartys im Kairo, die Engtanzpartys im Ballhaus oder die Cocktailpartys im Infam sowie die zahlreichen Erstsemesterpartys der Wirtschaftswissenschaftler, der Juristen oder der Sportler. Gerade die Juristenpartys waren bei uns Wiwis sehr beliebt, da der Frauenanteil unter den angehenden Anwälten doch um einiges höher war, als bei den Diplom-Kaufleuten, geschweige denn bei den Landwirten. Man konnte sich also von Montag bis Freitag fröhlich die Kante geben. Einziges Problem dabei war, daß man Donnerstags mittags rechtzeitig um halb zwölf in der Mensa sein mußte, um die leckeren Schweinelendchen mit Kroketten nicht zu verpassen; ein kulinarisches Highlight der studentischen Küche. Und dann gab es da ja auch noch die Vorlesungen, aber wenn man seine Kurse geschickt gewählt hatte, konnte man alles was vor 14 Uhr stattfand getrost weglassen. Irgendein Streber ging bestimmt hin, von dem man dann später die Mitschrift kopieren konnte.

Eine sehr beliebte der zahlreichen Party-Veranstaltungen war die Hutparty in unserer Stammkneipe, dem Garp. Wie der Name schon erahnen lässt, mußte dabei jeder Gast mit einer Kopfbedeckung erscheinen. Ich hatte vor kurzem (nach einer anderen Party) an einer Baugrube einen gelben Bauhelm gefunden. Diesen versah ich noch per Edding mit dem schönen Spruch „Mach mein' Kumpel nich an!" und machte mich damit gut behütet auf ins Garp. Dort angekommen erspähte ich im dichten Getümmel meinen Kumpel Hummel. Er stand an einem runden Stehtisch, auf dem sich dicht an dicht etwa 60 gefüllte Biergläser befanden. Die Biere kosteten damals bei diesen Partys den Sonderpreis von nur einer D-Mark, das waren noch Zeiten! Jedenfalls war der Tisch komplett belegt, es hätte kein weiteres Glas mehr darauf gepasst. Hummel hatte also schon mal gut vorzapfen lassen, Respekt! Ich begrüßte ihn mit High-Five und griff mir eines der Bierchen um gleich darauf von links angebrüllt zu werden: „Ey!!! Das sind unsere Biere!!!" Erst jetzt sah ich Volker, der neben Hummel am Tisch stand, und der anscheinend etwas dagegen hatte, daß ich mir eines der Bierchen nahm. Durch ein „Finger weg, Du

Vogel!" wurde dies nochmals bestätigt. Ich kannte Volker damals nur vom Hörensagen. Über ihn ging später das Gerücht, daß er der einzige sei, der in seiner Göttinger Studentenzeit vier Fußball-WMs miterlebt habe. Rechnerisch hätten dies dann mindestens 25 Semester sein müssen, und ich war mit meinen elf Semestern schon einer der Langsameren. Später räumte Volker dann ein, daß er selbst es gewesen war, der das Gerücht verbreitet hatte. Allerdings seien es dann doch wohl nur drei WMs gewesen.

An diesem Abend erlebte ich Volker also das erste Mal persönlich. Er schaute mich böse an, als hätte ich ihm nicht nur ein Bier vom Tisch genommen, sondern seine Frau ausgespannt. Durch die Wahl seiner Kopfbedeckung konnte ich ihn allerdings leider nicht ganz ernst nehmen. Er hatte sich die Hälfte eines aufgeschnittenen rot-weißen Plastikballes auf den Kopf gestülpt und sah damit extrem dämlich aus. Meine Frage „Was willst Du denn, Du Spinner?" trug auch nicht unbedingt zur Entspannung der Lage bei. Zum Glück schaltete sich dann Hummel ein: „Lass mal, Volker! Das ist der Lange, der darf das." Ich warf dann noch einen Zehner für die nächste Runde auf den Tisch und wurde daraufhin von Volker zunächst grummelnd geduldet. Je leerer der Tisch wurde, desto besser verstand man sich dann auch, zumindest nonverbal, da das Sprachvermögen bei steigendem Bierkonsum umgekehrt exponential abnimmt (kleiner BWL-Exkurs am Rande).

Im Laufe des weiteren Abends stieg auch die Stimmung bei den Partyteilnehmern. Gerne wurde zu später Stunde dann auch mal auf den Tresen gestiegen und über den Köpfen der anderen abgerockt. Unser Vortänzer Paul ließ dabei auch gern mal die Hosen in die Kniekehlen fallen. So in seiner Bewegung beeinträchtigt fiel er rückwärts um und landete mit seinem Hinterteil im Abwaschbecken. Durch diesen Auftritt beflügelt erklomm auch ich den Tresen und zappelte ab zu „Rhythm is a Dancer" oder was auch immer damals so gespielt wurde. 90er Trash halt. Irgendjemand aus der Menge rief dann: „Los Langer, Stagediving!" Geschützt durch meinen Helm und gestärkt durch viele viele Pilsgetränke hielt ich das für eine gute Idee und hechtete in Richtung der mir zahlreich entgegengestreckten Hände. Obwohl ich damals gut 15 Kilo weniger wog als heute (Seufz!) konnten meine Fans mich nicht halten und etwa sechs bis sieben Personen landeten in einem großen Knäuel auf dem Kneipenboden. Ich war dank Helm unverletzt und auch alle anderen hatten es ohne ernstere Blessuren überstanden.

Ich rappelte mich auf und spürte plötzlich eine Hand auf meiner Schulter. Es war Volker. Mit seiner anderen Hand streckte er mir ein Bier entgegen und nickte anerkennend: „Du bissinn Ordnung!" Später sagte er mir, der Anblick eines knapp zwei Meter großen Typen, der mit Bauhelm auf dem Kopf in voller Länge quer durch den Raum fliegt und bei seiner Landung die Hälfte der Anwesenden zu Boden reißt, hätten ihn nachhaltig beeindruckt. Wir prosteten uns zu und es blieb nicht das letzte Bier an diesem Abend, dessen weiterer Verlauf allerdings in meinen Erinnerungen verschollen ist. Dies war der Beginn einer wunderbaren Freundschaft, die bis heute anhält, was eindeutig beweist: Bier ist dicker als Wasser!

Und auch wenn man es nicht glauben mag:
Aus all diesen Typen ist etwas halbwegs Anständiges geworden.